Logli Leseförderung

Sabine Kalwitzki

Hexe Trixi lernt zaubern

Illustrationen von Christine Bietz

Loewe

Hexengeburtstag

Trixi sitzt auf dem Schornstein
des kleinen Hexenhäuschens
und wartet aufgeregt.
Ihr Herz klopft laut.
Denn heute ist Trixis
siebter Hexengeburtstag.

Wie alle kleinen Hexen
bekommt sie an diesem Tag
ihren Zauberring.
Damit kann sie alles zaubern,
was sie sich wünscht.

LESE-RÄTSEL

Findest du Trixis Geburtstagstorte?

Kreise sie ein.

„Du darfst jetzt kommen!“,
ruft die Hexenmama
aus dem Hexenhäuschen.
Wie der Wind saust Trixi
durch den Schornstein
in die Hütte.

Feierlich geben Mama und Papa
Trixi einen Kuss.
Auf der Krempe von Papas Hut
brennen sieben Kerzen.
Und Mama hat
zur Feier des Tages
ihren Spinnwebenschleier an.

LESE-RÄTSEL

Wer hat den Schleier der Hexenmama gewebt?
Kreuze das richtige Tier an.

Das Geschenk

Papa zeigt Trixi drei Päckchen.
„Du musst selbst herausfinden,
in welchem Päckchen
der Zauberring ist“, sagt er.
„Nur dann gehört er dir.“

Trixi geht auf Papa zu.
Sie hält ihre Hände
über die drei Päckchen
und überlegt nicht lange.
„Das kleine rote ist ganz warm.
Das nehme ich!“, strahlt Trixi.

LESE-RÄTSEL

Welches Päckchen sucht sich Trixi aus?

Kreise es ein.

In dem Päckchen liegt
auf rotem Samt
ein goldener Ring.
Sein roter Stein funkelt.
Sofort probiert Trixi
den Zauberring aus.

„Es ist so heiß, ich möchte Eis!“,
sagt sie zu ihrem Ring.
Da saust es und braust es,
und es regnet Eiswürfel.
„O nein!“, schreit Trixi.
„Doch keine Eiswürfel!
Da friere ich ja!“

Was wollte Trixi zaubern?

Male unten das richtige Bild aus.

Hexen ist schwer!

Da saust es und braust es,
und Trixi hat plötzlich
einen dicken Wintermantel an.
„So doch nicht!“, schreit Trixi.
„Das ist doch viel zu warm!“
Sie ist verzweifelt.

Papa und Mama lachen.
„Den richtigen Zauberspruch
lernst du in der Hexenschule.
Weil du nun sieben Jahre bist,
darfst du dort hingehen.“

LESE-RÄTSEL

In welche Schule darf Trixi gehen?
Unterstreiche das richtige Wort.

Schwimmschule

Hexenschule

Zirkusschule

Reitschule

Mit dem Hexenbesen fliegt Trixi
am nächsten Morgen
zu der alten Eiche
am schwarzen Moorweiher.
Dort ist die Hexenschule.

Den Besen hat Trixi
zum Geburtstag bekommen.
Fliegen ist sehr schwer!
Der Besen will Trixi
einfach nicht richtig gehorchen.
Wenn sie nur den richtigen
Zauberspruch schon wüsste!
Trixi landet in der Baumkrone.

Was passiert zuerst, was danach?
Male die Zeichen in der richtigen Reihenfolge in die Kästchen.

Der Besen will Trixi nicht gehorchen.

Trixi landet in der Baumkrone.

Trixi fliegt zur alten Eiche.

Neue Freunde

Unter der alten Eiche
stehen drei Hexenkinder.
Sie kichern, als Trixi
den Baum herunterklettert.
Trixi grinst und zupft sich
ein paar Blätter aus den Haaren.

„Hallo, ich bin Trixi!“, sagt sie.
„Wir haben dich schon erwartet!“,
lacht ein Junge
mit grünen Strubbelhaaren
und lustigen Sommersprossen.

LESE-RÄTSEL

Der Junge mit den grünen Haaren heißt Flip.
Schreibe ihm seinen Namen auf den Pulli.

Neugierig starrt Trixi
die grünen Haare des Jungen an.
„Was ist denn mit dir passiert?“,
will sie wissen.

„Falscher Zauberspruch!“,
kichert der Junge.
„Ich wollte mich eigentlich
in einen Frosch verwandeln.
Übrigens, ich bin Flip.

Und das hier sind
Nele und Zottel.“

Nele hat einen Feuersalamander.
Zottel hat eine Spinne.

LESE-RÄTSEL

In welches Tier wollte sich Flip verwandeln?
Kreise es ein.

In der Hexenschule

In diesem Moment
flattert eine Eule vorbei
und stößt einen schrillen Schrei aus.
Flip beruhigt Trixi:
„Das ist nur unser Zeichen!
Jetzt beginnt die Hexenschule."

Flip tippt an einen Felsen,
und der Fels öffnet sich sofort.
Hier ist der Eingang zur Hexenschule.
Trixi steigt mit den anderen
in die Höhle hinunter.

LESE-RÄTSEL

Ordne die Bilder. Schreibe die Zahlen
1, 2 und 3 in die richtigen Sterne.

In der Höhle gibt es einen großen,
dampfenden Hexenkessel.
Er leuchtet grün und unheimlich.
Kleine bunte Flaschen
mit Zaubertrank stehen daneben.
Viele Hexenkinder
warten auf die Oberhexe.

Trixi setzt sich neben Nele.
Nele ist aufgeregt und
knabbert an ihrem Finger.
„Lass das! Du weißt doch,
die Oberhexe mag das nicht!“,
zischt Zottel Nele zu.

LESE-RÄTSEL

Streiche die beiden falschen Sätze durch.

In den Flaschen ist Zaubertrank.

Der Hexenkessel leuchtet rot.

Trixi nimmt den Finger in den Mund.

Die Oberhexe

Da blitzt und donnert es.
Über den Köpfen der Kinder
braust auf einem Besen
die Oberhexe daher.

„Hallo, ihr kleinen Ratten!“,
kreischt sie mit schriller Stimme.
Die Oberhexe sieht gruselig aus.
Sie hat wilde Haare,
eine Hakennase und
lange, knochige Finger.
Ihre Augen funkeln unheimlich.

Schau dir das Bild genau an. Was ist anders gemalt, als es im Text beschrieben ist? Kreise den Fehler ein.

„Zeigt mir, was ihr
gestern gelernt habt!“,
befiehlt die Oberhexe streng.
Leise murmeln die Hexenkinder
einen Zauberspruch
und verwandeln sich
in weiße Mäuse.
Trixi staunt.

„Jetzt erhebt euch in die Lüfte!“,
fordert die Oberhexe.
Murmelnd verwandeln sich
die Hexenkinder in Raben
und flattern durch die Höhle.

In welche Tiere verwandeln sich die Kinder?
Male die beiden richtigen Bilder aus.

Trixis Zauberspruch

Jetzt hebt die Oberhexe die Hand.
Alle Raben bilden einen großen Kreis
und setzen sich dann
um die Oberhexe herum.

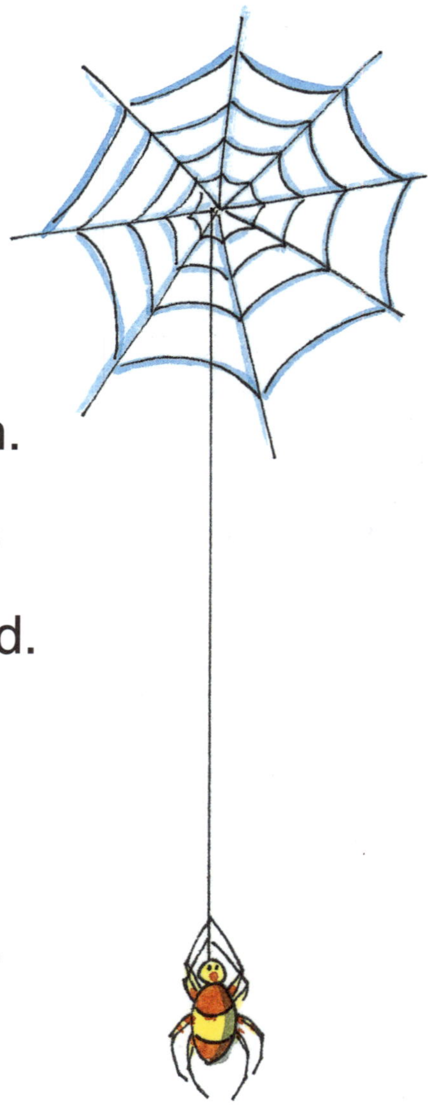

„Nun bist du dran, Trixi!“,
spricht die Oberhexe feierlich.
Sie sieht genauso streng aus
wie auf dem Bild an der Wand.
Trixi wird es ganz mulmig.
Mit wackeligen Knien
geht sie auf die Oberhexe zu.

LESE-RÄTSEL

Welche beiden Wörter fehlen?
Lies nach, und ergänze richtig.

Die Oberhexe sieht sehr ____________ aus.

Trixi geht mit wackeligen Knien
auf die __________________ zu.

„Kleine Hexe Trixi“,
flüstert die Oberhexe geheimnisvoll.
„Dies ist ab heute dein Zauberspruch.
Sprich ihn nach:
Simsalabra Hokusbim!“
Mit zitternder Stimme flüstert Trixi:
„Simsalabra Hokusbim.“

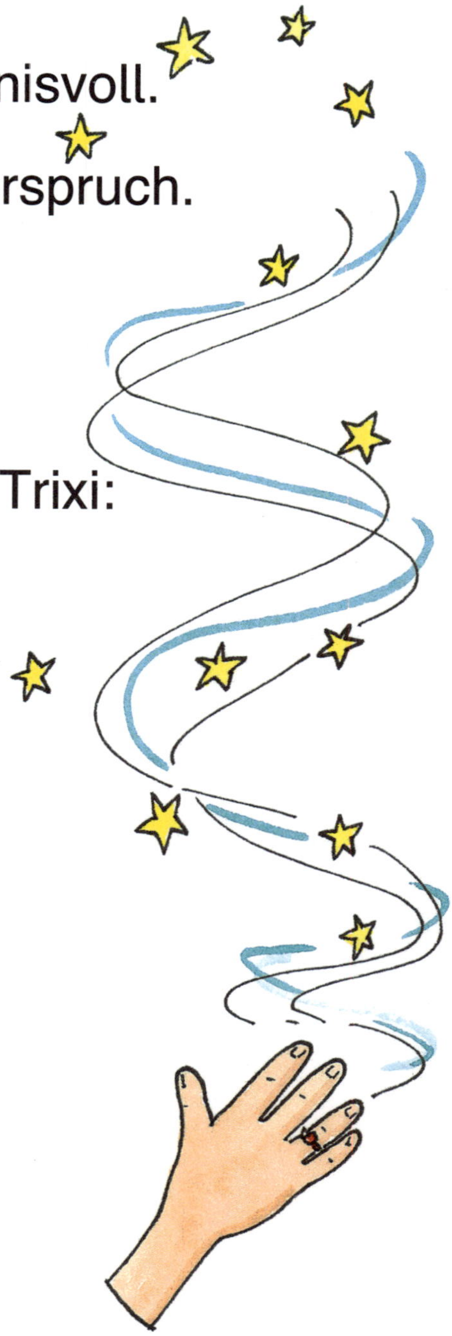

Da glitzert Trixis Zauberring
und beginnt zu zaubern.
Er verwandelt alle Raben
sofort wieder in Hexenkinder.
Jetzt weiß Trixi endlich,
wie sie richtig zaubern kann.

LESE-RÄTSEL

Wie heißt Trixis Zauberspruch?
Schreibe seine Buchstaben farbig nach.

Abrakadabra Simsalabim

Simsalabra Hokusbim

Flugübungen

Die Oberhexe klopft
Trixi auf den Rücken.
„Gut gemacht, Trixi!
Nun bist du meine Hexenschülerin!“

An ihrem ersten Tag
als Zauberhexe lernt Trixi,
wie man sehr elegant
auf einem Besen fliegt.
Die Oberhexe fliegt voraus.
Ihr Besen qualmt wie ein Auto-Auspuff.
Alle Hexenkinder fliegen hinterher.

LESE-RÄTSEL

Was fehlt auf dem Bild? Male es dazu.

„Nele, was machst du denn
schon wieder für Unsinn?“,
schreit die Oberhexe plötzlich.
Nele hat ihren Zauberspruch
aus Versehen rückwärts gesprochen.
Nun hängt sie unter ihrem Besen
und klammert sich ängstlich fest.

„Das kommt, weil du beim Zaubern
immer den Finger im Mund hast!“,
kreischt die Oberhexe.
„Und du, Zottel, lass endlich
deine Schmusedecke los!
Das bremst beim Fliegen!“

Welcher Satz passt zur Geschichte?
Male einen kleinen Besen in das richtige Kästchen.

☐ Nele hängt unter ihrem Besen.

☐ Nele sitzt rückwärts auf dem Besen.

☐ Zottel hängt unter seinem Besen.

Überraschung!

Flip schnipst mit dem Finger,
und schon fliegen Nele und Zottel
ordentlich hinter der Oberhexe her.
„Super, Flip! Vielen Dank!“,
flüstern Nele und Zottel erleichtert.

„Simsalabra Hokusbim!“,
flüstert Trixi die ganze Zeit.
Weil sie nun endlich
den richtigen Zauberspruch weiß,
gehorcht ihr der Besen ganz brav.
„Krötengut, Trixi!“, lobt die Oberhexe.

Wer rettet Nele und Zottel?

Schreibe hier den richtigen Namen auf.

„Weil du so gelehrig bist, Trixi,
habe ich für dich
noch eine Überraschung!“,
sagt die Oberhexe.
Sie schnipst mit dem Finger.
Da springt ein kleines Kätzchen
in Trixis Arme.
Es hat rotes Fell und grüne Augen.

„Das ist von nun an dein Kater“,
erklärt die Oberhexe.
„Er hat Zauberkräfte
und wird dich beschützen.“
Trixi freut sich.

LESE-RÄTSEL

Welches Kätzchen gehört Trixi?
Male ihm eine Schleife um den Hals.

Zauberhexe Trixi

„Ganz große Klasse, Trixi!
Nun bist du wirklich
eine richtige Zauberhexe!“,
freuen sich Flip, Zottel und Nele.

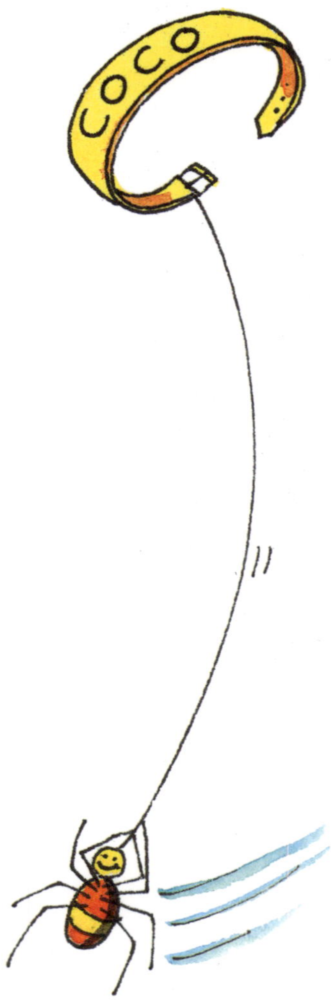

Glücklich streichelt Trixi
den kleinen Kater.
„Ich werde dich Coco nennen!“,
sagt Trixi zärtlich.
Und der kleine Kater
schmiegt sich an sie
und schnurrt zufrieden.

LESE-RÄTSEL

Wie heißt Trixis Kater?

Schreibe seinen Namen auf das Halsband.

Lösungen

Seite 3: Trixis Geburtstagstorte steht auf dem Fensterbrett.

Seite 5: Die Spinne hat den Schleier der Hexenmama gewebt.

Seite 7: Trixi sucht sich das rote Päckchen aus.

Seite 9: Trixi wollte eine Tüte Eis herbeizaubern.

Seite 11: Trixi darf zur Hexenschule gehen.

Seite 13:

Seite 17: Flip wollte sich in einen Frosch verwandeln.

Seite 19:

Seite 21: Diese beiden falschen Sätze streichst du durch:
Der Hexenkessel leuchtet rot.
Trixi nimmt den Finger in den Mund.

Seite 23: Die Hexe im Bild hat keine Hakennase, sondern eine sehr spitze Nase.

Seite 25: Die Kinder verwandeln sich in Mäuse und Raben.

Seite 27: Die Oberhexe sieht sehr *streng* aus.
Trixi geht mit wackeligen Knien auf die *Oberhexe* zu.

Seite 29: Trixis Zauberspruch heißt: Simsalabra Hokusbim.

Seite 31: Auf dem Bild fehlt der Qualm aus dem Besen der Oberhexe.

Seite 33: Richtig ist dieser Satz: Nele hängt unter ihrem Besen.

Seite 35: Flip rettet Nele und Zottel.

Seite 37: Trixis Kätzchen ist das dritte von links.

Seite 39: Trixis Kater heißt COCO.